KB237336

Yung H. Liew

시인 류영환

그 먼 곳

시인 석천 류영환

1937년 경남 양산 출생
한국외국어대학교 영어영문학과 졸업
졸업 후 시 창작 활동을 접고 수출입 무역 사업체 (주)세진상역 운영
시집 『빛과 생명』 『시라는 칸타빌레』 『별똥별 연가』 『물방울 성자』
1998년 계간 『주변인과 시』 동인지로 작품 활동
계간 『시와시학』으로 등단
2012년 한국기독시문학상 수상
현재 (주)글로리아파크 대표
진화랑 · 진아트센터 명예회장

Email : yyh3793@hanmail.net

그 먼 곳

지은이 | 류영환
펴낸이 | 김재돈
펴낸곳 | 도서출판 시와시학
1판1쇄 | 2013년 7월 20일
출판등록 | 2010년 8월 10일
등록번호 | 제2010-000036호
주소 | 서울 종로구 명륜동1가 42
전화 | 744-0110
FAX | 3672-2674

값 10,000원

ISBN 978-89-94889-55-9 03810

석천 류영환 시집

그 먼 곳

시학
Poetics

시와 선과 신성의 연관성에 대하여

선禪은 지나간 시간의 기억 속에 저장되어 있는 종교사나 지성사의 스캔들이 아니다. 그것은 지금 세상에서 진행되고 있는 정신의 실험이다. 정신이란 무엇인가? 마음의 바닥 저 끝에는 무엇이 있을까? 언어가 도달할 수 있는 한계는 어디까지일까? 언어를 넘어선 언어가 과연 가능한 것인가? 이러한 질문들은 진부한 것들이 아니라 오히려 가장 생생한 삶의 느낌과 첨단의 시학에로 우리를 이끌 것이다.

시詩는 문학의 한 장르이고 선은 신성神性의 수양 방법이나 이 눌은 서로 영향을 끼치면서 교류하여 시선일률론에 이른다. 신성은 공교롭게도 인성人性의 모든 이치와 맞닿아 있다. 겨울 나목은 자신의 고통을 감내하며 죽음을 이길 열매를 기다리는, 살아 있는 뿌리의 십자가가 아닐까? 이것이 무한의 이상향을 지향하는 순수 생태 시인이 나아갈 길이다.

성聖과 속俗은 신성을 이해하기 위한 기본 범주다. 엘리아데에 의하면 신성한 것이 현현하는 그곳이 세계의 중심이며 모든 의미의 고정점이 된다. 중심이 있을 때 비로소 카오스는 코스모스로 바

꿰고, 세계가 의미 있게 건립된다고 한다. 따라서 신성의 체험은 영원을 꿈꾸는 삶을 위한 시인의 일대 사건이 된다. 결국 선이란 정신의 화살로 신성과 시학의 관문을 꿰뚫어 깨달음의 경지에 이르고서야 진리와 소망, 그리고 꿈과 이상을 지향하는 생명 사랑과 녹색운동에 든다 하겠다.

2013년 4월
무의도에서

차 례

제4부 겨울

제5부 다시 봄

제1부

봄

춘란

가슴앓이도 마다하지 않았습니다
그 길고 지독한 외곬 정신은
너무 절개로 소중한 사람이라서일까

가을 쓸쓸함도 애타게 보냈는데
엄동설한 추위마저 뿌리치지 못하고
인고의 아픔으로 피어나는 꽃이련만

그래서 춘란春蘭은 보세란 아닌가
화분에서 피어나는 꽃이 아니라
순결한 가슴속에만 살아난 목숨이라

이 미망의 땅에
— 누가 초록 잉크로 시를 썼나

수꽃술의 꽃밥 속 하얀 씨 털
꽃가루가 바람 타고 날아다닌다
정착할 곳이라곤 없어 허공에 수없이
공허한 몸짓만으로 오월의 밀실, 자궁을 찾는
너와 나의 풍매화의 여정은
생존을 위한 자연의 섭리인가

북풍의 공포로 어수선한 이 미망의 땅에
울울창창할 연민의 꽃과 나무를 위해
가슴 벅찬 분홍빛 설렘이 있었다면
어느 별과 잉걸의 만남인가

마음이 가난하여 구름처럼 울적한 날
그 별이 제 몸 찢어 꽃잎 날개를 달고
길눈의 화살로 주룩주룩 단비를 내린다
땅과 하늘 구분 없이 등불 밝히는
초록 생명 길을 열어 가면서

생사를 초월해 영원한 네루다*는 그래서

초록 잉크로 생명의 시를 썼나 보다

아지랑이 뿌리

태어나서 새들거리며 살다가
언젠가는 가야 할 죽음이 두렵다
죽지 마라, 도다녀오도록
위리안치로 다시 태어날까 겁난다

그럼에도 살아 있다는 것은
떫지만 얼마나 달콤한 유혹인가
하늘에 절망의 심연은
바로 대지에 희망의 동아줄이 되리니

드레진 피에타에 드센 부활이라!
죽은 아름드리나무 그루터기에
아~ 그 생명, 새순으로 돋아난다
하늘의 실못 아지랑이 뿌리가 된다

먼 그리움

마음 호수에 색색 물감을
들이는 것이 사랑이라면

강물에 여울지는 마음을
외로움으로 띄워 보내며
울음이 홀로 쇠는 것은

공허의 향기 그 너머에
반짝이는 도깨비불 하나

그림자를 품은 저 먼 별빛은
그대 존재의 그리움 아닌가

촛불, 적멸 판타지아

누구를 위해 천기를 누설하는가, 저
먼 곳 적시는 그리움의 심지에 불붙이면
태연스레 불타올라 자신을 밝히는가 하면

촛불은 이제 적멸의 판타지아를 연주한다
올곧게 타는 몸짓은 고난에서도 환희를
부양해 몸소 무한지존의 제단이 된다

눈물 한 방울 없이 제 몸 태워 없애도
수줍게 그러나 미쁘게 미소 지으면서
순간에서 줄곧 영원 그대로를 누리면서

바람에도 깃발 펄럭이며 춤을 춘다
구원의 성령에 타오르는 저 혼불 사랑은
인간을 위한 대속의 멍에가 아니던가

지금 가로수는 감전 중

흐름의 미학은 누구를 위함인가
세밑 가로수들 서리꽃을 피우나 했더니
가지마다 울긋불긋 밤 불꽃들 피어납니다

빛의 축제로 생명 길을 밝힙니다
도시 거리에 황금모래알을 뿌리면서
가는 세월 아쉬워 흐느낍니다

오는 세월 가슴 설레어 깜빡입니다
그러니 제발 점등해 주세요
가시면류관의 가시로 제 안에는

감전되어 죽음의 전류가 흐른답니다
그분이 죄 없는 형벌로 죽음으로써
우리는 값없이 화평을 누리고 있습니다

하늘 양식
— 태화강가에서

반짝이는 강물 결가부좌에
멈출 줄 몰라 하염없이 흘러간다
유채꽃 노란빛, 환상의 생명고요가

강변 대나무들 속을 비운다
이웃과 군락을 이루며
허기진 아로마향에 오솔길을 낸다

기다림의 시간 마디마다
석양천에 황금 빗살 그으며
푸른 진공의 하늘 양식에 스며든다

땅에는 누군가 숨겨놓은 비가悲歌
만유인력의 저 불씨에
활짝 혼불 질러서 타올리는 건가

자장, 짜장이라고 쓸까

"당신 나 사랑해?"
"그럼, 사랑하고말고."
"정말?" "짜장?"

정말을 안 쓰면
정말로 얘기를 못하는
이상한 나라에서

자장, 짜장이라고 쓸까
나라를 망치는 짜장 포퓰리즘을

눈 가리고 아웅 하는
불신과 의심이 정말 없는
소통의 나라가 그립다

신호등이 울고 있다
— 착시 현상 · 1/ 기우

터미널 옆에 있는 장례식장 마당의 조등 아래
늦은 밤 두 사람이 입을 맞추고 있었다
모르긴 해도 그것은 죽음과 관련 있는 일 같아
방해될까 봐 빙 둘러 지하철을 타러 갔다

휘적휘적 걸어 썰렁한 육교를 건너다가
키스는 끝났을까, 문득 비자나무를 연상하며
돌아서 내려다보니 마음보다 먼저 온
어둑서니 신호등이 사람처럼 서서 울고 있었다

그런데 도무지 알 수 없는 일, 꽃샘바람에
그 사람이 나를 쳐다보며 울고 있었다는 것
오라는지 가라는지 손수건을 흔들고 있었다는 것
아무리 둘러보아도 천지간에 나밖에 없었는데

흑암의 눈동자
— 착시 현상 · 2/ 초승달

그믐 하늘에 꽉 찬 별 별 별들
무게중심에 상호 인력이 없어서인가
은하수 따라 돋을 별까지 흘리다가

지구의 가까운 그림자에 가려져
거룩한 빛을 잃었으나 저, 먼
달덩이마저 흘릴 뻔하자

순명의 너그러움에 부리 내린
날가마귀 흰 깃털 얼굴을 하고
애먼 초승달 마알가니 솟아오르니

흑암은 빛의 기쁜 충만인가 봐

민들레, 그 이상의 마음

꽃 진 자리 하늘 쪽 저 새카만 꼬락서니라니
그 느낌표의 고통은 우주의 중심이어서일까
청이불문 흐느낌은 향수 그 이상의 마음 아닌가

꽃 피자 지는 봄을 잃고 울먹이는 여름 어느 날
마음 궁촌에 종려나무 한 그루 심는다 하니
어느새 내려앉는 하늘 뿌리마다 흥건히 젖는다

감은 듯 빛나는 눈빛 밀물 썰물 스며든다
이윽고 생명의 빈터에 피어나는 바람꽃 민들레
요염한 홀씨로 날아올라 하늘땅 애무한다

날마다 지는 짐

마음과 몸으로 알게 모르게 지은 나날의 죄들
마음 어두운 다락방에 차곡차곡 쌓아 놓고도
분주한 일과로 까맣게 잊고 살아왔다

노루잠 깬 어느 날 그 죄 짐들 알알이 드러내어
눈썹 한 올 빠짐없이 보따리에 싸안고
하늘 십자가 밑에 가 풀어 놓았다

혹시 아바께서 나 같은 것 기억이나 하실까
염치도 없지, 역시 죄의 봇짐 다시 싸는 뜻은
이름도 빛도 없이 날마다 제가 지고 가오리다

잃어버린 어린 양

황량한 대지에도 봄은 어김없이 오는가 꽃이 피고, 월동용으로 반쯤 잘려 짚으로 동여맨 나목에도 가지는 잎새로 무성해지니, 이는 창조 섭리에 따른 순환질서의 화신인가 아득한 하늘가에 총총히 박힌 별들의 계시는 탄생, 그 탄생을 위해 오늘 아침 새들이 유독 크게 울었나 보다

저 멀고 높은 곳에서 쏜살같이 떨어져 사라지는 유성 하나, 육신은 칼바람에 가랑잎처럼 우수수 떨어지는 아픔으로, 유일한 생명의 촛불이 타 없어지는 소리 소리에 살점들, 차라리 탄생은 고통이요, 잃어버린 한 마리 어린 양을 찾아오는 고통은 부활을 낳는 것

계절 바뀌고 바뀌어도 돌아오지 않는 것, 온다 해도 보이지 않는 것, 거듭나 자신을 산 제물로 내놓고 갈구하는 자에게만 보이는 것, 낮아지고 낮아져 더는 낮아질 수 없는 죽음의 아스라한 깊이에서 다시 사는, 성령의 모습으로 다가오는 갈보리 십자가 그 위에 떠오르

는 오색 무지개, 이는 보혈로 그려진 언약인가 그 피의
붉은빛은 대속의 사랑, 진리로 이 세상 만유를 자유케
하리라

나리솔꽃

간밤에 다녀간 꽃의 요정은
핑크빛 여섯 꽃잎에
암술 하나
수술 여섯

남기고 떠났지요
가녀린 허리춤으로
쓰러질 듯 받쳐 드는
목숨의 중량은

단 하나의 사랑
을 받기에 충분하였나이다

사랑

나는 그대를 사랑합니다

그대에게만은

너무 깊은 상처를 수없이 받았기에

말로만이 아니라

사랑은

느끼며 행동하는 용서에 여분으로

큰 환희를 허락해 주시나요

연옥에 묻어야지

하늘 몸 배 속에 들어가서
온갖 꽃놀이에 취했다가 깨어나
그냥 세상으로 나왔다

나와서 보니 요지경 속
이 짓 저 짓 탈꾼 짓거리에 재미 붙여
도끼 자루 썩는 줄 몰랐는데

하늘 마음밭에 묻고 내려왔어야 할
육탈해 버린 그 해골, 때가 묻어
여기저기 시장 바닥에 뒹굴더라

수습은 했는데 숨길 곳 마땅찮다
이 천치바보야 그것도 몰라
어차피 연옥에 묻어야지

제2부

여름

구름에는 크레파스가 없다

하늘을 캔버스로 사용한다, 저 먼 구름은
숲 속에 서식하는 뭇 생명들을
둥둥 떠가는 배와 비행기도, 눈 덮인
산골짜기에 길 잃고 헤매는 노루도 그린다
어디 그것들뿐이랴, 저 구름 화백은
시간의 창밖을 비상하는 나무 나무들
보이지 않는 슬픔과 빛나는 기쁨도
덧없는 삶살이와 형통한 은총도 그린다
그러나 구름에는 크레파스가 없다
제 몸에 꽃 피우고 열매 맺는 지혜로
스스로 캔버스에 물감이 크레파스가 된다
그래서 구름에는 후회가 없다

아득한 하늘 캔버스에 무엇을 그리며 살까
구름이 되어 그러나 회한 없는 내 안에
삶의 큰 획을 긋는 만능 화가로 살고 싶다

줄 타는 어릿광대

얼마나 더 푸르를 잎새 위에 올라서야
크고 화안하게 흔들릴 수 있을까

얼마나 더 여위 마를 줄기 위에 오르고서야
아름답게 괴로울 수 있을까
무아無我의 빛에 이르를 수 있을까

다옥한 침엽수 높은 우듬지 끝 줄타기를 하며
그 흔들리는 배경과 몸으로 시를 쓰는 어릿광대
마음 거울에는 마음 없는 도둑만 드나들었다지,

언저리 고요의 드높은 갈맷빛 솟대처럼
히말리아시다! 그 그늘에 드문드문 솟아올라
지구 한 모퉁이가 비로소 경건해졌다니,

달과 피리새
— 남관 화백에게 화답하다

일생에서 오늘이라는 제일 젊은 새날에
더불어 존재하는 너와 나는
서로가 서로에게 통하는 아찔한 절정의
하얀 구원이 되는 '우리' 라는 실존 아닌가
세상 누군가를 위해 울고 있을 양심의
그 사랑은 허다한 허물을 보듬어 안고
충만한 화평으로 겸허해지는 시간은
늘 그대로인데 우리가 저 홀로 오고 가는 것
세상에 단 한 번 오고 다시 가는 것은
통째로 인생이 오고 간다는 엄청난 사건인데
어울리지 않는 절대 고독의 하늘과 땅에
갈마들며 피리새는 밤하늘 달을 삼키고 있나니
세월 지나갈수록 의지할 곳 없어지는
너와 나, 삼라만상은 은하수에 젖는 순간
신기루로 떠서 뜬금없이 시인을 울린다
하늘피보라 피리 소리로 찬란 그윽하다는데

성자나무

거꾸로 서서 살아가지만

불로 태워도 울음 우는 종소리로

하늘에 붙박인 뿌리의 그루터기에서

다시 산다, 그러나

소리를 깨달아 끝내 소리하지 않고

보이지 않는 것들 다 보고 들으면서

오로지 지상의 생명체들 깨워

두 팔로 기도하는 나무

---

* 목천 시마을문학관에 시비로 세워져 있다.

하늘 아바의 자화상

한여름 퍼붓던 소낙비 그친 뒤
쪽빛 하늘 해를 데불고 내려와
비거스렁이의 상쾌함을 맛보고는
강물거울에 자화상을 그린다

해가 멱을 감는가 했는데 알고 보니
벗어난 궤도의 제 모습을 그려 넣고
물고기 떼 흐름의 제 몸시를 쓰고 있으니
내려다본 하늘 역시 맑아 좋아라

낙원이여, 천지간에 따로 없는 침묵은
서로가 마주하는 페이소스의 향기!
가식이라고는 하나 없이 본연의 말씀이
스스로의 가슴에 생못을 박는다네

막다른 골목길도 길이던가
— 바른 길 갔으면

새로 이사한 처가에 가는 길
영등포 네거리 신호등 앞에서
핸들 잡은 아버지 "어느 쪽이냐"
주눅 든 아내와 아들 "좌회전이요"
하며 오른쪽을 가리킨다

"왼쪽 길이냐, 오른쪽 길이냐"
벌컥 짜증난 되물음에
뒤차들은 벌써 경적 울리고
"어느 쪽이냐고" 다시 큰 소리로 다그치니
"아니, 직진이네요"

요 근래, 꼭 우리네 세상만 같아
자칭 개혁 진보와 수구 보수라는 이념 논쟁은
운전수 뒷좌석에 새로 또 무임동승하게 된
그 상전과 종북 세력에 이끌리어
좌파와 우파로 우왕 또 좌왕 기운다

제발, 우회전도 좌회전도 아닌
민초를 위한 직진으로
바른 길 갔으면 한다
막다른 골목길도 길이던가, 누구를 위하여
햇볕은 외투를 벗겨야 하는가

세탁은 하면서 그들은

44

어제 그제라는 때와 얼룩을 지우고
오늘 지금이란 먼지를 털어 낸다
세파에 주름질 내일 모레를 다린다

뒤집히고 씻기어 새롭게 태어나는
내일의 순결한 세탁물, 그 물방울 불씨에
마음 허공의 순금 등불을 켜는 소리

모두 마음결에 능라 비단을 깔아 주지만
꼭두쇠 그들 또한 어느 세상에 거듭날까
관행은 회심의 적이라 되뇌면서

산정독백
— 산사 선생님께

올랐다 하면 빈손 들고 내려왔는가 산정에서
산사자 차 한잔의 여유를 갖는 호흡에
누더기에 불과한 내 육신의 삶은 선연선과로
빛으로 시를 쓰는 누각의 등불이 아니던가

자애로운 한 줌 비에 화사하게 피어나서
얼굴 내밀고 방긋방긋 웃는 저 꽃과 별의 시학
이름 모를 풀꽃들 우리 곁에 함께 피어나
모두 외롭지도 슬프지도 아니하였거늘

밤의 정령이 저주의 덫에 걸린 시간을 잠식하여도
목마른 시의 묘목에 생명의 지혜와 능력을 키우디
칼바람에도 흔들림 없이 서 있는 저 달인, 산사나무
내 안의 땅끝에 낙락장송으로 함께하소서

푸줏간

저것 봐! 제발 저것 좀 봐!

정교하게 해체되어

신의 저울로 무게를 달아 놓은

저 붉은 살점들

죽어 비로소 자유가 된다

처절하게 찢긴 그 슬픈 기쁨들

멀쩡하게 진열장에 빼곡 쌓여서

비싸게 양식으로 쓰일 거야

레이를 보고 듣다

영화 레이를 보며 레이 찰스의 노래를 듣는다
아니 눈먼 영혼의 소리 공중부양을 본다
애절하면서 광적인 담대한 면벽 소리를 느낀다

청력과 음감은 그의 지팡이, 촉감은 선택의 잣대
길도 그렇게 오고 가고 요리도 맛을 낸다 하니
잠에서 깨어난 일상 또한 그에겐 면벽 전쟁이라네

절망에 장애나 인종차별보다 더 아픈 것은
자신의 우울증, 그 유일한 친구는 헤로인뿐
고통스런 흑인영가를 백인의 기쁜 컨트리 송으로

가스펠로도 피어나서 장르의 높은 벽을 허물고
칠흑 속에서 살아나 환희를 쟁취한 저 소리의 힘
천혜의 사랑인가 비로소 눈 뜨는 영혼의 찰스여

달아나는 봄
— 서울에서 누르는 에어컨 스위치로 남태평양의 아홉
개 산호섬 나라 투발루가 하나둘 잠겨 사라져가고 있다

점점 뜨거워지는 가슴속 그리움에

불길 새기면서 봄을 기다려 왔는데

도둑맞을 미래가 종말론적 사고라니

한번 오기만 하면 아주 잠깐

꽃망울 폭죽 터뜨리면서, 잽싸게 달아나는

봄은 어느 별에서 온 조루증 환자인가

색즉시공色卽是空 공즉시색空卽是色이라

어리석음이 없는 공空의 상태에서

덩달아 발정 나 탱탱한 저 허공은

지구환경 온난화의 아노미*로

난데없는 여름 앞당겨 내리쬐는 뙤약볕에

눈물비를 주룩주룩 흘리고 있다네

---

* 아노미Anomie : 행위를 규제할 공통의 가치나 도덕적 기준이 없는 혼돈 상태.

능소화를 보면서
— 동해안 남대천에서

무거운 짐 지고 이 별똥별 세상에 내린 자들아,
삶의 나그넷길이 쓸쓸한 여정이라 여겨질 때엔
먼 해송 그늘에 앉아 시나브로 하늘 올려다볼 일이다

담장이건 썩은 나무건 아랑곳없이 머리 들고 서서
한 번도 아랫도리를 굽어본 적 없이 피어나는 너
능소화, 너는 사람을 시샘하는 꽃의 자태인가

사람도 사람을 초월하면 자연이 되어야 하는 것
제 몸에 꽃 피우고 열매 맺는 지혜와 능력을 가져야
이 별이 스스로 초록빛과 사랑임을 알고 떠난다면

삶과 죽음, 그 고통을 함께 곰삭히며 대를 이을
연어의 귀천, 남대천은 우주의 해방구가 아닌가
존재의 슬픈 아름다움이 저 홀로 흘러나온다

하늘과 땅 사이

끝도 시작도 없다
무한경의 저 하늘에는

그럼에도 분명한 경계가 있다
하늘과 땅 사이에는

넘어야 할 산과 바다가 있다
극과 극의 삶에는

쑥부쟁이

보랏빛 이명이다
쟁~ 쟁~ 쟁~
너, 나
나, 너

모퉁이 돌 때마다
늘어선 길섶 따라

높은음 환청 울리며
쑥부쟁이 피어난다

관계

52

관계가 복잡하면 없는 것만 못하고

관계가 단출하면 꽃도 열매도 맺지 못한다

그 누구에게라도

진정한 삶이란 나 아닌
너에게
그 누구에게라도

천 길 우물에서
기꺼이
생명 생수를 펌핑해 줄

한 바가지
마중물 되어 주는 것

제3부
가을

허공, 이 가을에

썰물과 밀물로 흘러 가고오는 시간의 풋열매는
여름의 부끄러운 껍질 깨고 부서져
생명 속살을 익혀 무게를 떨어뜨릴 줄 안다
묵정밭 외진 모퉁이돌마저 태양을 품고
해바라기 가을 햇살에 자신을 맡기는가 했는데
노랗게 핼쑥한 웃음 말리고 있나니
단풍잎 속앓이에 회오리치는 바람, 바람울돌목에
혼돈의 나날을 끝내 읊어내지 못해 피멍이 드는
그리움은 바스락 소리에도 귀를 쫑그린다
내 생명의 본향을 찾아 하늘 허공에 띄우는
무수한 낙엽편지들 그 서원은 이 가을에, 한줌
허무를 그러잡고 거듭날 씨알을 품는다, 저 나목들
누군가에게 점자로 읽혀질 저 여백의 허공을
누가 엎어진 김에 버즘꽃 피운다 하겠는가
빛과 그림자의 로망에 제 체온을 실으면서
살아나는 숲은 어느새 지구의 허파가 된다는데
죽어서도 허공은 하늘의 기둥뿌리로 자라는가

가을 전각

하늘바다 짙푸른 한 때

그대의 향초로운 마음을

아름드리 나무둥치에 새기고

소리죽여 흐느꼈다

수천수만 나뭇잎 지상에 내려놓았다

문득 하늘시간표를 읽고서

얼음 수행 중인 장좌불와의 침묵

그 뿌리 미온에도 가슴이 저려온다

노을갈대의 노래

무서리 가을하늘 속울음을 삼킨다
채워도 허기지는 마음 설움이 사무친다
하늘의 무궁한 화엄고요에, 부끄러워
갈대의 몸짓은 어느새 농익은 가을인데

스산한 바람 또 바람에 공명하는
마른 꽃대들의 사각거림이
회백색 바람물결로 처절하지 않은가

엷은 안개 속 트렌치코트 입은 상한 갈대
하릴없이 고개 숙여 허공을 걸으니
영락없는 노숙자의 추레한 뒷모습

벼이삭 익어가는 소리에 허리 휘도록
일렁이는 햇살과 한 몸 이루고는
인고의 시간을 불살라, 불소나기로
노을갈대 넘실대는 하늘을 태운다

바람의 노래
— 베어트리파크에서

출입문 열면 웃음 짓고 몰려드는 바람손님들
초록별 다 따먹고 월식 중 달을 키우는 달빛에
낯선 새떼 데불고 들어와 글로리아*를 합창한다

시시각각 허공을 불어오는 바람의 눈총기**는
신이 내린 나무의 박제된 명상에 천년 침묵인가
흐느낌은 적멸에 드는 나를 보고 눈살이 아프다

아찔한 부재를 실존의 모성이란 육화의 원리로
잎샘바람에 간질간질 생명의 새싹을 틔우는 것
우람한 나무구멍을 비사치면*** 에덴동산 되는 것

이윽고 오아시스가 있어 사막이 아름다운
오늘밤은 얼굴없는 돌개바람의 저 우주중심에서
한껏 블랙홀을 끌어안고 홀로 잠들어야겠다

로댕의 묵상 그 또한 바람살의 실상 아닌가

무위無爲 파문波紋을 던지다

하늘 저 먼 곳 호수거울 물결에
누군가 돌멩이 하나 던졌다는가
그 빛발은 무궁토록 반석이었더라

영원에서 큰 원을 그리면서
일파만파로 퍼지다가, 절절하게 다가와
물결에 튀어오르는 은비늘로 살라신다

그러나 씨알의 대성전, 좋은 터전에
하늘 존재의 열매 하나 떨구었더니

순간에서 영원까지 더 큰 원을 그리며
겹겹이 물결치며, 자비로 자라나서
땅과 하늘 온 몸으로 퍼져 나가면서

땅에서도 일용할 양식이 되었고
하늘을 진실로 살아갈 말씀이었더라

해탈을 위하여
— 고속도로 화장실에서

생각 한 가닥 구름으로 일어나서
꼬리를 물고 바람으로 사라진다

마음들판 저녁연기 번져 나가더니
어느덧 모여서 하나가 된다

서로 달라도 흘겨보지 않고
서로 겹쳐도 밀쳐내지 않는 그곳

욕망과 증오의 인연 그 찌꺼기들을
다 받아주고도 편한 웃음 짓는 화장실

함께 소통하고 나누는 세상에서

고사목

바람 불어 흩날릴 잎새 하나 없이
벼락 먹은 곰솔나무
절벽 위의 목숨은 요지부동이다

시커멓게 타들어간 심장의 고동소리
저승꽃 위에 달빛이 메아리친다
살아 있어 마음으로 속울음 운다

해풍의 허기에 뿌리 끝까지
썩지도 마르지도 못한 채 눈물 젖어
긴긴 세월 묵언정진 휴면 중인가

이녁의 생을 위해 뿌리깊은 곰솔의 꿈
우바이*나무로 저 혼자 살아나다니
그 숨결은 하늘사랑의 슬픔 아닌가

---

* 우바이 : 출가하지 않고 부처의 제자가 된 여자.

그러나
— 동준에게

삭풍에, 광야를 유랑하는 유목민은
낯선 행인에게도 길을 묻는다

그러나, 흔적 없이 공중을 나는 새는
누구에게도 길을 묻지 않거늘

하물며, 암흑에 제 갈 길 뚫어 눈빛 내는
땅두더쥐, 그게 네 인생 아니랴

불씨가 땅 속에 하늘을 키운다니

마음의 떨켜

가을이 오면 겨울을 예비하는 은행나무
절대부족의 수분을 미리 확보하기 위해
궁여지책으로 생존책을 쓰는가, 떨켜

발밑에 소복이 쌓이는 은행잎 무덤을 보며
상록수에는 없는 마음의 그 은총을 생각하면
걸어온 길을 지우는 것은 강물만이 아니라는 생각

누구든지 제 안의 저를 다독이며 산다지만
말라비틀어지다가 가더라도, 떨켜 단풍은
자연에 순응하는 가지 스스로의 변신

아무렇게나 접을 수 없는 내일을 위해
목숨 버려 부서져도 돋을볕 새살로 다시 뜨는
어느 하늘 아래 낮은 생명의 초록별이기에

누가 저 은행나무를 동방의 성자라 했는가

떨켜인간*은 진리의 참빛! 참 아득하다

<hr>

* 늦은 가을, 잎과 가지 사이에 생기는 특수세포의 분리층을 떨켜라 하며 타인
을 위해 자기 목숨까지 버리는 사람을 떨켜인간이라 한다.

느낌, 묵상

속독에 이어지는 글귀를 좇느라 눈이 아파

덧셈 마음에 밑줄을 계속 그으면서

성경 예순여섯 권을 닷새 동안 통독하다

입 닫으니 마음 눈뜨이고 가슴에 불 밝히니

묵상 따라 오는 것은 물음표인가 느낌표인가

신神과의 인연! 이젠 피안 초록풀밭이 보인다니

달팽이의 꿈
— 느림의 미학

잎새 다 떨군 벚나무 가지 위로 한 마리
달팽이 먹을거리 찾아 기어오르고 있다

나무 밑 가랑잎 무덤 위에 앉아
새들 추위에 떨면서 조롱하는 말
"바보야, 겨울 다가오는데 너는 거기서 뭘 해?"

그러자 그 달팽이 환하게 웃으며
"내가 그곳에 도착할 때면 아마도
가지에 버찌 열매들 많이 맺혀있을 걸"

꽃바람은 열매를 재촉하는 계절 미하!
진리는 속도가 아니라 방향에 뻗어간다

가난

가난은 절망의 축복인가

행복의 저주인가

천년 고목 느티 엉덩이에

벚꽃이 피어나다니

도넛 효과

도심 인구 공동화는

눈부신 현대문명의 도넛 효과

마음 지우기

비우고 낮아져 마음 그늘 지워 버리니
날아갈 듯 몸은 가뿐해진다

양심 있는 곳에 오체투지로 살다 보니
정신 또한 은화처럼 맑고 떳떳하여라

세상사 지족불욕知足不辱*이라 하던가
탐욕으로 사는 삶 누가 행복하다 하겠는가

발걸음 가볍게 풀밭에 발 벗고 나서니
베풂과 나눔으로 한생을 살라신다

---

* 지족불욕 : 분수를 지켜 족한 줄 앎으로 욕되지 아니함.

아가위나무에게

새봄 온 세상을 환하게 밝히는 꽃망울들
꽃차례로 하늘 동산에 뭉게구름 이루어
백합화 잎잎마다에 각을 세운 자태 정숙하여라

꽃망울 품어 하얀 모자를 쓰고 나온 하늘꽃
고통의 꽃비나리에 숨죽이는 그대 나무성자여
가시에 마구 찔려서 핏방울 떨구고 있었으니

흰 꽃에서 붉게 익는 아가위나무 산사자山査子 열매
가시는 거듭나는 생명의 면류관이 되었나니
세상을 구원하는 삼위일체의 사랑은 가이없구나

내 탓

가난하게 태어나는 것은 내 탓이 아니나

가난하게 죽는 것은 온전히 내 탓

명성에는 빈부귀천이 따로 없다

제4부
겨울

청솔 일 획, 그 비상을 위하여

내 안의 빈터에는 노송 한 그루 자라난다
달빛에 커켜이 젖는 붉은 수피의 숨결
화선지 스며들면서 빠른 무상을 설한다

가납사니 참새 몇 마리 어디론가 사라지더니
누굴 위해 하늘은 지에밥을 지어 놓는가
청출어람*이라 그 소나무 내 손끝에 머문다

노을빛 사랑 공글리느라 파란 솔빛 머금고
내 안의 가슴 이랑이랑 쪽빛은 칼날 파도가 되어
천 개의 독필** 끝마다 청솔가지 팔팔 나부낀다

세사에 거듭나면서 큰 획을 그으며 다가오는
저 찬란아뜩한 청솔의 푸른 영안을 보아라

---

* 청출어람 : '쪽에서 뽑아낸 파란 물이 쪽빛보다 짙다' 는 뜻으로 제자나 후배
　　　　가 스승이나 선배를 앞설 때 쓰는 말.
** 독필禿筆 : 천 개의 벼루를 갈아 바닥을 내고 천 개의 붓이 닳도록 썼다는
　　　　추사의 글과 그림.

낙산사 올라가는 길에

바닷가 거닐다가 모래부리에
묵상 중 문득 기도 한 줄 써 놓는다

뒤돌아볼 겨를도 없이 서둘러
낙산사 올라가는 길이었을까

부처님께서 읽어 이미 아신다고
파도가 하얗게 그 번뇌를 지워 버렸네

달마가 동해안 달마봉에 온
아뿔싸, 바로 그 까닭 아닐까

물방울 불씨로

처마 끝에 매달렸던 맵찬 고드름
이승의 물방울 유리문 열고 피어난다
누구를 위한 천기누설인가, 황홀하다 그 꽃

자연의 숨결에 나무마다 수액이 차오르고
풀꽃마다 향초로운 색깔을 뿜어 올리니
과거는 망각 속에 흔들흔들 잠들어도

오늘부터 내일은 영원의 눈동자에 이어져
살아서 소통하는 저 빛과 그림자
물방울 불씨로 생명 해바라기가 되는

허공에 제잡이*로 살아갈 뼈대를 세우리

---

* 제잡이 : 거듭나기 위해 스스로 자신을 깨뜨리고 부수는 수련 행위.

기쁜 소식

구정물 속을 흘러오는 샘물 한 줄기

세상은

구정물 그대로이지만

나의 시 쓰기는 나에게

오늘도

구정물에 생수로 묵화를 치는 사역

기쁨의 싹

미로의 바람결에 기쁨의 싹 틔운다
태양 찬란하게 떠오르라는 아침기도로

평소 암 공포 속 척추협착증의 트라우마에
코리트산 4리터로 내장 다 세척하고 나니
몸은 날아갈 듯 개운, 혈압도 정상!

웬 횡재냐 싶은 그날 플라시보 효과였는가
대장과 위장 내시경 검사 결과마저 다 좋으니

새빨간 립스틱 바른 아내의 두 입술 사이로
어둠이 고난구름 간데없이 사라진다 했는데
환호 속 다시 열리는 그녀의 동그란 두 입술

내게 주는 네 마음의 진한 첫 키스는
하늘 문 활짝 열고 황금 햇살 흩뿌린다

말, 말, 말

숨 가쁜 탐욕과 아집의 그 많은 말들
정작 들을 말은 별로 없다
그래서 사람들은 얼굴이 없다고 하는가

어둔 세상에 뿌리를 내리는 건강한 말
영육 간에 서로를 견고하게 감싸 주는 따스한 말
무상에 맑은 영원을 구현하는 아름다운 말

다음 생에 꼴사나운 들짐승으로 태어나지 않을
맑은 진리의 숨결로 살아가는 그런
말은 없다, 사람의 참된 말을 듣고 싶다

가깝지만 먼 그리움

조각하늘 먼 어둠 살라먹는 노을에
마중 나온 뭉게구름 한 가족
시월에 하늘 벚꽃 피워 놓고 흔들린다

바람 더불어 떠나간 뒤 날마다
목 놓아 울며 이름 불렀더니
비워서 가득 차는 보름달 그 얼굴 떠오르네

천만근 눈꺼풀 무게로 깊어 가는 거울 호수
부챗살 활짝 펴고 거칠게 흐느끼는
가깝지만 먼 그리움을

그리움보다 더 큰 형벌 어디 있으랴
"그립다 말을 할까"
하니 더더욱 그립다 말들 하지만

믿고 산다는 것은
— 조각가 한창조에게

청와대를 옆구리에 끼고 있는 교회
궁정의 강대상 전면은 밤낮없이
대형 십자가에 불 밝히고 있다

성경 펼쳐 받들고 있는
주主바라기 석조 받침대 아래
한 사내가 태太 자로 서 있다

믿고 산다는 것은
누더기 육신의 헛된 꿈인가
그 사타구니에 점 하나 찍는 일인가

그 점 하나 무너지면
대大 자로 뻗어 버리는 일
참 미쁜 신의 에덴동산 그 아닌가

절규
— 뭉크에게

누군가에게 보낸 말들이 그대를 해치게 했음을
누군가에게 보낸 침묵이 서로를 문 닫게 했음을

내가 나를 모르는데 누가 나를 알아줄까

물불 가리지 않고 살아온 땅끝 그 역경의 나날들
이때껏 한번도 그대 제대로 어루만지지 못했음을

한밤중에 십자가 질 죄인은 바로 나, 내 안의 나!

모국어 만세, 시인 만세

1

말뫼 마드라스 상파울로 등지에서 개발
다량 수입했던 영문 겸용 한글 표준 자판 타자기
지금은 전산 기능에 완전 흡수되었으니

그 자음과 모음의 신통한 배열과 조합으로
최신 개발 컴퓨터에 탑재된 모국어의 효능을
이 어머니 나랏말을 위해
너는, 나는 무엇을 하고 살아왔느냐

2

더 섬세 다양한 표현과 표준화를 외면한 채
되레 인터넷 신조어로 오염이나 시키고 있으니
시인이여 시인이여 갈고닦자
이 디지털 시대를 사는 우리에게
합당한 개선의 지혜와 능력을 허락하소서

대왕 세종이시여!

불연이면 아날로그식 이 투미한

당신의 자손이란 꼬리표를 떼어 주소서

나뭇잎 유서遺書

꽃들이 화사하게 피고 지는 계천 뚝방에
해오라기 몇 마리 노닐고 있다

둔치에 찌만 뚫어져라 쳐다보는 강태공
낚싯대에 한가로이 얼비치는 저녁노을

꽃도 새도 그 누구도 알지 못한다
맑은 물이 별안간 검은색이 되는 것을

멀리 바람 부는 들녘 가랑잎들만
손사래 친다 "그만 나와 거긴 아니야"

지옥 나들목에 꽃들은 왜 저리 아름다운가
못된 아나키스트여! 제발 먼저 가시게

무인도를 위하여

어딘가로 마음 없이 떠나가고 싶었다

너무 많은 상처를 받아 버렸으니까
서로 다투고 싶지 않고
더 이상 남루해지고 싶지 않으니까

새로운 생채기에 선연한 핏방울들
지워지지 않는 옛 흉터들, 아무도 없는
평화로운 무인도로 떠나가고 싶었다

거기서 흩날리는 눈송이가 되었으면
벼랑에 나부끼는 꽃씨로 내려앉으면
새싹을 돋게 할 터인데

천연 바람은 보이지 않는 마음이었다

빛과 그림자

비우면서 낮아져
덕을 쌓는다

높아지면서 겸손한
빛과 어둠은
알파와 오메가인가

나눔의 세상을
사랑으로 밝히니
기력조차 쇠잔해진

그림자도 졸고 있어
온 천지가 거룩하다

죽을 각오

죽기 살기로 했는데 실패했고

죽을 각오로 하니 비로소 문이 열렸다

문은 두드리는 자의 것

어느 집사의 기도 ㅠ.ㅠ… ㅋㅋ…
— 카이로스에 관한 기도와 하늘의 응답은,

성경에 천 년이 하루 같다 하셨지요
그래 천 년이 하루지
그럼 천만 원이 만 원인가요?
물론이지!

은혜로 만 원만 주세요
그럼, 얼마든지

고맙습니다, 언제 주시나요?
하루만 기다리게
네? 네! 그럼 하루가 천 년인데요??

하늘의 하루치 눈물은 지상의 천년꽃인가

치유

나의 결점이 오히려

나를 성장시키는 절망이고 원동력이었다

하룻밤의 은총
— 소백산 기슭에서

누구의 거룩한 부담에 핏빛 절규인가
지는 해가 못내 아쉬워 노을을 물고 있다

빛을 삼킨 어둠이 폭우를 퍼붓고 있더니
동틀 머리, 후미진 산 능선의 급한 골짜기로

초록에 흰 포말 수로를 열고 흘러내려
하늘 은총 메마른 대지를 충만케 하느니

산맥의 정기가 물안개 타고 내리는 아침이면
제 속 다 보여 주는 물처럼 맑고 투명하게

그대 품안에서 혼연히 빛나고 싶어라

제5부

다시 봄

그 먼 곳

마음 자락 하나 없는 허공의 낮은 들판에
물이 흘러 흘러서 호수거울 이루는 그 곳
찬란 아득한 빛 그 배경에 무아경을 이루지만

나무는 차마 떠날 수 없어, 번뇌로
한곳에서 거룩한 그곳을 사모하며
사철 묵언 수행 중이었다지만

아뿔싸, 아뿔싸! 이젠 비로소 알겠다
물방울이 창조적 영성의 야누스*였음을
나무의 수액이 내 몸 안에도 흐르고 있었다니

하늘 안테나의 손길에 걸린 생명 소리는
그 초록별 속 물방울 숨결을 느낀다는 거
내 안의 그 먼 곳** 말초혈관이 아직 따스한 것

---

* 야누스Janus : 로마신화에 나오는 문의 앞뒤를 보는 두 얼굴을 가진 문지기 신.
**그 먼 곳 : 사람의 혈관 길이는 장장 10만 킬로미터, 한 줄로 편다면 지구를
　　　　두 바퀴 반을 감을 수 있다 한다.

빈 산

── 왕문청의 깨달음에

인생이란 저 구름은

오가고 머무르는 것임을

하늘 스스로도 모른다는데

자연이란 저 빈 산은

어찌 알고 스스로 오가며

산빛을 바꾸며 머물렀는가

대나무꽃

속 빈 대나무에도 꽃은 피어나는가

드물게 벼 이삭 같은 황록색 꽃
피자마자 곧바로 말라 죽으니

벌과 나비의 유혹은커녕
어느 누구의 시선도 거절하는

대나무의 이 단호한 절명사를
누가 선비의 충절로 읊조리는가

그 꽃은 부활 생명의 탄생기도인데

수직의 노동은 수평을 좌우한다
― 십자가 독백

사이렌 소리로 질주하는

고가사다리 소방차를 보면

수직과 수평이 한 몸으로 교차하는

하늘의 적십자가 세워진다

소방과 동시에 구제의 목적으로

수직을 오르내리는

한 평 남짓한 수평받침 케이지가 있기에

지상의 인명을 구조할 수 있다

수직의 상승과 하강만으로는

아무리 최신 장비라도

구원의 손길이 될 수 없으나

수직의 노동은 수평을 좌우한다

마음과 마음의 장애물을 허물고

이웃사이를 너울너울 이어 주는

오른손과 왼손의 평형나비춤을 위해
저 사랑이란 수평 날개가 없다면

지극히 인간적인 보름달이
온 누리의 밤을 충만케 하는
고즈넉한 지평선이 없다면
안식과 평화는 정녕 어디에서 찾겠는가

허당

반입 금지 돌멩이를 가방에 몰래 숨겨 들여온

그녀, 새 장비 검색대와 맞서는 긴장의 한 순간

불현듯 불기운이 화끈 명치를 찌른다

양파 껍질 벗기듯 무채색의 전자파가

샅샅이 훑고 가며 일으키는 저 불온한 경보음

삶의 어두운 구석들이 일제히 붙들려 나온다

누가 안개 속 세상에 탐욕의 허당을 지으려는가

썰물 올 줄 알면서 하루 종일 밀물 치는 저 개펄

가슴으로 낳은 아들에게

매를 맞아야 하는 이유를 모두 다 알면서
매를 맞는 아들은 덜 아프다 한다

매를 맞아야 하는 연유를 도통 모르면서
매를 맞는 아들의 고통은 황당하다 한다

태생의 장애나 결핍은 누구의 연단인가
구원의 정금 화평이 슬픈 공복을 메운다

봄볕에 인동초 살라 먹으니 새살 돋는다
고통의 사명은 힘찬 기쁨의 삶인 것을

높디높은 하늘 마음자리에 올라 서 보면
예수의 아버지 또한 인간 요셉이 아니던가

발자취 거울
— 이양연(1771~1853)의 야설에

하늘 가득 몰아치던 눈 폭풍 멈추고 난 뒤
눈길 만 리 광야를 걸어가다 생각하니

지그재그 어지러이 길을 걷지 말자
오늘 내가 밟고 가는 이 발자취들은

뒷사람이 본받아 따라가야 할 그 길 될 터
천 년을 하루같이 얼린 동토대 화석이 되리니

선배는 후배에게 깨도의 발자취 거울 아닌가
꽃나무에 꽃으로 피어날 목숨 무궁살이여

눈의 무게

비가 내리는가 했더니
자고 나니 인동 삼킨 물이
눈이 되어 내린다

그 눈의 무게가 하늘을 떠받치는
순백의 은총인가

삼동이 온 천지를 하얗게 얼린다

이별, 그 이후

메숲 지우던 시간들이 중심을 놓치고는
긴긴 밤 바장이며 젖은 시간 말린다

아뜩한 그리움 또한 고요의 그믐달인가
가슴앓이 뒤끝에서 염화미소 짓게 하고

한 순간 화엄에 들어 뎅그렁 울리는
풍경의 배경에 달콤한 추억만 익어갈 뿐

끝내 허공도 바람도 뿌리째 흩날린다

삶을 미분하면

무엇이 살아날까 덧없는 삶을
미분하면 응어리 너무 많아, 뉘우침에
헛된 꿈의 고갱이
깨침의 풍경에 울고 있다

수선화 바라보다 수선화로 피어나는 봄날
노루잠 눈을 뜨고 하늘 심경心經 좔좔 외우며
얼마나 바람에 드나들었는지
고난의 문지방이 온통 닳아 있다

용두리 다듬으면 무슨 빛깔의 무늬 될까
흩어진 햇살들 실눈 뜨는 카이로스에
한 백 년 더 공명할 몸짓
잠언으로 외롭게 스며든다

바보 교황 만세

믿음은 들음에서 나고 감격은 전함으로 생겨나니

프란치스코 교황의 축배기도
"하느님 이 바보를 용서하소서"라니

바보 추기경들이 바보인 나를 교황으로 뽑았다니

자신을 죽이고 절규하는 성자의 기도가 아닌가

눈 뜬 반려

전생에 무슨 사랑이 그렇게 사무쳐
염장으로 죽어 가도록 새우 너는
두 눈알을 까맣게 뜨고 있는가

사람 또한 역지사지 눈 뜬 장님으로
죽어 가지만 지팡이는 저 혼자
눈알 빠져나가도록 닦달하는가

너를 반려로 한 나를 사랑한다니
어둠의 묘혈에 빠져 허덕일 때도
청려장 짚어 빈 하늘 어둠 지고 간다

거듭 바오밥나무

자신의 생김새가 바보 같아 자해하는

바오밥나무를 신께서 어여삐 뽑아 올려

거꾸로 심어 놨더니 무성한 가지가지에

가득 열매 맺는 오늘에 이르렀나니

터널시야*

산다는 게 힘들었어요

동그라미 세상 안에서

그래서, 저 생의 모습이

더 기쁘게 보이지요

세상 바깥은 암흑천지인데

빈자일등** 보듬어 안고

저 홀로

가는 길처는 그 어드멘가

---

*터널시야 : 어두운 터널을 빠른 속도로 달리면 터널의 출구만 동그랗게 밝게
보이고 주변은 온통 깜깜해지는 시각효과(tunnel vision).
**빈자일등貧者一燈 : 가난한 사람이 바치는 등 하나가 부자의 등 만 개보다 공덕
이 있다는 뜻, 참마음의 소중함을 비유하여 이르는 말.

그 하늘

―고은, 「그 꽃」에

혈기 충천할 때 못 본 그 하늘

팔십 마루 봉우리에서

지팡이 짚고서 보았다네

사슴

목이 길어
안타까이 목이 마른
짐승으로
한세상 살다 보면

그다지도 하릴없는
사슴
넋을 잃고
먼 하늘 눈물 글썽인다

자기 성찰과 형이상학적 열망의 시학
― 류영환의 시세계

유 성 호

(문학평론가 · 한양대 교수)

1.

근본적으로 서정시는 시인 자신에 대한 내적 탐구와 성찰을 목표로 하는 짧은 언어 예술이다. 소설이나 극이 상대적으로 세계 탐색의 속성을 더 많이 가진 양식인 데 비해, 서정시의 이러한 자기 성찰의 속성은 각별하게 강조될 만한 것이다. 그만큼 서정시의 가장 근원적인 수원水源은 자기 확인과 성찰의 의지에 깊이 깃들어 있다고 할 수 있다. 석천 류영환 시인의 제5시집 『그 먼 곳』(시학, 2013)은 이러한 자기 확인과 성찰의 과정을 선연하고도 진정성 있게 보여 주는 첨예한 실례다. 류영환 시인은 지속적이고 활력 있는 '시 쓰기'를 통해 궁극적으로 자신이 가닿고자 하는 자기 성찰의 구체적 방법론을 실현하고 있다. 이러한 성찰의 과정은 신神의 은총과 깊이 만나는 '종교적 상상력'으로 확장되기도 하면서, 류영환 시학의 중요한 바탕 가운데 하나로 자리매김되고 있다.

두루 알다시피, 서정시는 언어 예술이자 시간 예술이다. 우리의 감각과 세계를 매개하는 것이 언어이고 그 언어가 다루는 사물들이 하나같이 시간의 흐름 속에 놓인 것이니만큼, 우리가 '언어'와 '시간'을 서정시의 핵심적 구성 요소로 규정하는 것도 무리는 아닐 것이다. 그래서 서정시는 어떤 여타 예술보다도 '시간'과 친연성을 가지고, '언어'를 통한 각별한 경험을 선사하게 된다. 물론 이는 '시간'이라는 물리적 실재에 대해 서정시가 깊은 관심을 가진다는 것을 말하는 것이지만, 그와 동시에 서정시가 '시간'의 흐름 속에 놓인 사물과 그에 대한 반응을 집중적으로 표상한다는 것을 함의하기도 한다. 서정시의 이러한 속성은 류영환 시편에서 사물에 대한 섬세하고도 스케일 큰 경험을 통해 스스럼없이 나타나고 있다. 따라서 우리는 이번 시집을 통해, 시인 스스로 겪어 온 구체적 경험들에 대한 고백과, 시인이 살아온 삶을 성찰하고 인생이라는 화두에 최대한 근접해 보려는 능동적 가치 발견의 감각을 만나볼 수 있을 것이다. 그리고 한발 더 나아가 시인의 각별한 감각을 통해 그가 더욱 근원적인 가치를 향하고 있음을 알게 될 것이다.

류영환 시인은 이번 시집에서 "정신의 실험"이자 "언어를

넘어선 언어"로서 '시詩'와 '선禪'을 결속한 이른바 "시선일
률론"을 구상하고 실천한다. 그는 "신성의 체험은 영원을 꿈
꾸는 삶을 위한 시인의 일대 사건이 된다."면서 "결국 선이란
정신의 화살로 신성과 시학의 관문을 꿰뚫어 깨달음의 경지
에 이르고서야 진리와 소망, 그리고 꿈과 이상을 지향하는 생
명 사랑과 녹색운동에 든다 하겠다."(시인의 말)라고 적극적
으로 말하고 있다. 이로써 우리는 류영환 시편들이 구가하는
음역音域이 '신성 지향의 선禪'을 통한 깊은 깨달음으로 번져
갈 것을 예감하게 된다. 따라서 이 글은, 이러한 주제론과 방
법론을 충실하게 따라가면서, 류영환 시인만의 독자적 형상
과 목소리를 만나보는 과정의 일환으로 씌어진다고 할 수 있
을 것이다.

2.

먼저 이번 시집에서 가장 눈에 띄는 시인의 지향은 '먼 곳'
을 향한 일관된 감각에 있다. 시인은 '먼 곳'에 대한 강렬한
그리움을 통해 일정하게 '시원始原'의 형상을 복원하려 한
다. 여기서 '시원'이란, 공간적 유토피아나 시간적 유년기 등
을 지칭하는 것이 아니라, 우리의 지각 형식으로는 가닿기 어
려운 신성神聖의 영역을 내장하고 있는 본향이기도 하고, 훼
손되기 이전의 어떤 정신적이고 영적인 경지를 간접화한 형
상이기도 하다. 류영환 시인은 그러한 시원의 형상을 구체적

일상 속에서 발견하거나, 아니면 그 역으로 그것을 회복 불가
능하게 만드는 세상에 대한 비판의 촉수를 보여 준다. 이러한
추구를 통해 류영환 시편은 시원의 상상적 완성을 꾀하고 있
는데, 가령 그것은 "그림자를 품은 저 먼 별빛은/ 그대 존재
의 그리움"(「먼 그리움」)이라는 표현이나 "먼 곳 적시는 그리
움의 심지"(「촛불, 적멸 판타지아」) 같은 표현으로 이어지면
서, '먼 곳'을 향한 "그리움보다 더 큰 형벌"(「가깝지만 먼
그리움」)이 없음을 노래한다. 그 그리움에 시인 특유의 형이
상학적 추구가 내재해 있음은 말할 것도 없다. 그러한 전언을
내장하고 있는 시집 표제작부터 읽어 보도록 하자.

마음 자락 하나 없는 허공의 낮은 들판에
물이 흘러 흘러서 호수거울 이루는 그 곳
찬란 아득한 빛 그 배경에 무아경을 이루지만

나무는 차마 떠날 수 없어, 번뇌로
한곳에서 거룩한 그곳을 사모하며
사철 묵언 수행 중이었다지만

아뿔싸, 아뿔싸! 이젠 비로소 알겠다
물방울이 창조적 영성의 야누스였음을
나무의 수액이 내 몸 안에도 흐르고 있었다니

하늘 안테나의 손길에 걸린 생명 소리는
그 초록별 속 물방울 숨결을 느낀다는 거

내 안의 그 먼 곳 말초혈관이 아직 따스한 것
—「그 먼 곳」 전문

　시인이 바라보는 '그 먼 곳'은 이를테면 물이 낮은 들판으로 흘러들어 "호수거울"을 이루고 있는 아득한 시원의 공간이다. 그곳은 "찬란 아득한 빛"이 배경을 이루고 있고, 시인으로서는 '무아경'과 '번뇌'의 교차를 통해 궁극적으로 가닿고 싶은 "거룩한 그곳"이다. 그곳에서 묵언수행 중인 '나무'들은, 말할 것도 없이 시인 자신의 상상적 분신分身이다. 그때 시인이 비로소 깨닫는 것은 "물방울이 창조적 영성의 야누스"였고, 나무의 수액이 자신의 몸속에도 흐르고 있었다는 사실이다. 이렇게 '나무'의 생태에 자신의 사유와 감각을 투사投射하는 대목에서, 우리는 시인이 "하늘 안테나의 손길에 걸린 생명 소리"를 통해 "초록별 속 물방울 숨결"을 전해 주려고 하는 것을 알게 된다. 그렇게 시인은 자신의 몸속에 깃들인 "그 먼 곳"을 따스하게 탐색하고 있는 것이다. 물론 시인은 사람의 혈관이 한 줄로 펴지면 지구 두 바퀴 반을 감을 수 있다는 과학적 사실을 통해 몸속의 '그 먼 곳'을 일차적으로 그리고 있지만, '그 먼 곳'은 점점 더 의미를 확장하면서 가장 원초적이고 궁극적인 형이상학적 공간으로 몸을 바꾸고 있다. 이처럼 "무아無我의 빛"(「줄 타는 어릿광대」)을 허락하는 '먼 곳'을 향해 시인의 형이상학적 열망은 지속적으로 나아간다.

하늘을 캔버스로 사용한다, 저 먼 구름은
숲 속에 서식하는 뭇 생명들을
둥둥 떠가는 배와 비행기도, 눈 덮인
산골짜기에 길 잃고 헤매는 노루도 그린다
어디 그것들뿐이랴, 저 구름 화백은
시간의 창밖을 비상하는 나무 나무들
보이지 않는 슬픔과 빛나는 기쁨도
덧없는 삶살이와 형통한 은총도 그린다
그러나 구름에는 크레파스가 없다
제 몸에 꽃 피우고 열매 맺는 지혜로
스스로 캔버스에 물감이 크레파스가 된다
그래서 구름에는 후회가 없다

아득한 하늘 캔버스에 무엇을 그리며 살까
구름이 되어 그러나 회한 없는 내 안에
삶의 큰 획을 긋는 만능 화가로 살고 싶다
—「구름에는 크레파스가 없다」 전문

이 작품에서 '저 먼 구름'은, 하늘을 캔버스 삼아 숲의 뭇 생명들을 그려 내는 '만능 화가'다. 가령 그는 배와 비행기, 산골짜기에서 길 잃고 헤매는 노루, 숲을 가득 채운 나무도 그려 내지만, "보이지 않는 슬픔과 빛나는 기쁨" 같은 비가시적인 정서들도 그려 내는 일급의 화가다. 그리고 궁극에는 "덧없는 삶살이와 형통한 은총"도 그려 내는 형이상학적 장인匠人이기도 하다. 일찍이 자신의 몸속에 존재하는 '그 먼 곳'을 추구했던 류영환 시인은, 여기서 크레파스도 없이 제 몸에 꽃 피우고 열매 맺는 뭇 생명을 담아내는 '먼 구름'을 불러온 것이다. 그 '먼 구름'이 시인의 등가적 분신임은 췌언을 요하지 않는다. 그러니까 여기서 '구름 화백'은 사실상 '시인 류영환'이고, 시인으로서는 그 스스로 "아득한 하늘 캔버스"에 회한 없는 "삶의 큰 획을 긋는 만능 화가"가 되고 싶은 것이다. 이렇게 '먼 곳'과 '먼 구름'은 시인의 실존적 · 예술적 지향을 보여 주면서, 동시에 류영환 시편이 가닿고 싶어 하는 형이상학적 열망을 선명하게 보여 준다. 비록 멀고 아득하지만, 앞으로도 시인은 자신의 심미적 기원과 궁극이 함께 숨 쉬고 있는 '그 먼 곳'을 종내 흠모하고 개척해 갈 것이다.

3.

두루 알다시피, 인간 이성의 극점에서 펼쳐진 근대의 전개 과정은 '폐허 위의 건설'이라는 생성적 측면과 '삶의 폐허화'라는 파괴적 측면을 그 양면 속성으로 거느려 왔다. 전자의 '폐허'가 문명의 세례를 받기 이전의 불모성이라면, 후자의 '폐허'는 물리적인 것에 그치지 않고 인간 내면이나 영혼 혹은 인간 사이에 이루어지는 사회적 소통 체계에 두루 걸쳐 있는 좀 더 근원적인 것이다. 하지만 그 폐허는 역설적이게도 인간들 스스로 저지른 비이성적 폭력이나 집단적 광기를 통해 발현된 것이며, 그로 인해 발생하는 상처나 비애 같은 것

들은 바로 그 폐허가 자신의 육체를 드러내는 가장 구체적인
흔적이 된다. 그 흔적은 시인들로 하여금 일차적으로는 환멸
과의 힘겨운 싸움을 치르게 하지만, 궁극적으로는 그 불모성
을 극복하고 일정하게 생명 지향의 속성을 펼쳐 가게 하기도
한다. 류영환 시인이 바로 그러한 시편들을 통해 초록 생명의
길을 걷고 있는 사례일 것이다.

    수꽃술의 꽃밥 속 하얀 씨 털
    꽃가루가 바람 타고 날아다닌다
    정착할 곳이라곤 없어 허공에 수없이
    공허한 몸짓만으로 오월의 밀실, 자궁을 찾는
    너와 나의 풍매화의 여정은
    생존을 위한 자연의 섭리인가

    북풍의 공포로 어수선한 이 미망의 땅에
    울울창창할 연민의 꽃과 나무를 위해
    가슴 벅찬 분홍빛 설렘이 있었다면
    어느 별과 잉걸의 만남인가

    마음이 가난하여 구름처럼 울적한 날
    그 별이 제 몸 찢어 꽃잎 날개를 달고
    길눈의 화살로 주룩주룩 단비를 내린다
    땅과 하늘 구분 없이 등불 밝히는
    초록 생명 길을 열어 가면서

생사를 초월해 영원한 네루다는 그래서
초록 잉크로 생명의 시를 썼나 보다
　　　―「이 미망의 땅에―누가 초록 잉크로 시를 썼나」 전문

　시인은 칠레의 국민시인 파블로 네루다Pablo Neruda의 표상을 빌려, 생사를 초월하여 영원한 초록 잉크로 '생명의 시'를 쓰고자 하는 소망을 내비친다. 가령 그러한 열망은 오월 봄날에 "수꽃술의 꽃밥 속 하얀 씨 털/ 꽃가루"가 바람을 타고 허공을 날아다니면서 자궁을 찾는 것처럼, 깊디깊은 자연의 섭리와 상통한다. 온통 미망迷妄에 젖어 있는 지상에 그 열망은 "울울창창할 연민"과 함께 "가슴 벅찬 분홍빛 설렘"을 부여하면서 "땅과 하늘 구분 없이 등불 밝히는/ 초록 생명 길"을 열어 가게 한다. 이렇게 '꽃가루'에서 시작하여 '풍매화'의 여정을 지나 '꽃'과 '나무'의 연민과 설렘을 치르기까지, 시인의 시선은 자연 사물의 미세한 움직임도 놓치지 않는다. 이는 마치 "자연이란 저 빈 산은// 어찌 알고 스스로 오가며// 산빛을 바꾸며 머물렀는가"(「빈 산」)에서처럼, 구름이 움직이면 산색이 변하는 것을 통해 자연의 생명성을 깨닫는 과정을 보여 주기도 한다. 그럼으로써 시인은 이 미망의 땅에 '초록 잉크'로 된 시를 쓰고자 희원한다. 그 초록 생명의 길은 류영환 시편의 중요한 주제이자, 스스로 선언한 '시'와 '선'을 결속한 이른바 "시선일률론"의 구체적 사례가 아닐까 한다.

흐름의 미학은 누구를 위함인가
세밑 가로수들 서리꽃을 피우나 했더니
가지마다 울긋불긋 밤 불꽃들 피어납니다

빛의 축제로 생명 길을 밝힙니다
도시 거리에 황금모래알을 뿌리면서
가는 세월 아쉬워 흐느낍니다

오는 세월 가슴 설레어 깜빡입니다
그러니 제발 점등해 주세요
가시면류관의 가시로 제 안에는

감전되어 죽음의 전류가 흐른답니다
그분이 죄 없는 형벌로 죽음으로써
우리는 값없이 화평을 누리고 있습니다
—「지금 가로수는 감전 중」전문

여기서 시인은 한 해가 바뀌는 때를 맞아 "흐름의 미학"을 생각한다. 그 '흐름'이란, 세밑 추운 겨울날 가로수들이 가지마다 울긋불긋 밤 불꽃들을 피우고 서 있는 풍경 속에서 찾아진다. 그것은 시인의 시선에 일차적으로 "빛의 축제로 생명 길을" 밝히는 모습으로 다가온다. 물론 세밑이 가져다주는 세월에 대한 아쉬움과 무상함이 없지 않지만, 그럼에도 시인은 "오는 세월 가슴 설레어" 삶의 점등點燈을 생각한다. 바로 그 순간, 비로소 점등漸騰하는 삶의 기운이 "가시면류관의 가시"로 감전되어 온다. 그때 예수 그리스도가 죄 없는 형벌로 죽음으로써 값없이 화평을 누리고 있다는 자각이 따라오는데, 여기서 시인은 감전 중인 가로수들을 통해 그리고 "생명의 본향을 찾아 하늘 허공에 띄우는/ 무수한 낙엽 편지들"(「허공, 이 가을에」)을 통해, "창조 섭리에 따른 순환질서"(「잃어버린 어린 양」)를 겸허하게 받아들이고 있는 것이다. 그 질서와 섭리 안에는 "한밤중에 십자가 질 죄인은 바로 나, 내 안의 나!"(「절규―뭉크에게」)에 대한 반성적 깨달음과 "높아지면서 겸손한/ 빛과 어둠"(「빛과 그림자」)에 대한 지극한 감사의 마음이 들어 있게 된다. 이는 지속적이고 일관된 생명의 길을 걷고 있는 시인의 품이 예사롭지 않은 깨달음을 수반한 사례일 것이다. 그리고 이 또한 자기 성찰의 품과 형이상학적 열망을 지속적으로 보여 준 적절하고도 수월한 범례凡例가 될 것이다.

4.

이처럼 류영환 시편들은 기본적으로 '생명' 지향의 속성에서 발원하지만, 그것은 그가 온몸으로 견뎌야만 했던 고통스런 시간이 녹록치 않은 크기와 깊이로 존재했었음을 알리고 있는 것이기도 하다. 시인은 고통과 상처를 실존의 불가피한 부분으로 받아들이면서, 매우 구체적이고 선명한 기억에 토대를 둔 시학을 펼쳐 간다. 세계에 대하여 격정적 맞섬의 태도를 가지기보다는, 섬세한 관찰과 증언으로 그것들을 치유하려 한다는 점에서 그의 시편의 독자성은 입증된다. 여기서 우리는 시인이 견고한 내면 탐구를 통해 자신의 시적 수심水深을 깊이 들여다보고 있는 풍경을 접하게 된다. 물론 이러한 시학적 표지標識가 퇴행적이거나 회고적인 정서에 머무르고 있는 것은 결코 아니다. 오히려 그의 이러한 '마음'은 견고한 내면 탐구의 세계로 가닿는다는 점에서, 그리고 새로운 존재론적 생성을 역동적으로 예비하고 있다는 점에서, 시적 역진逆進의 사례가 되고도 남는다. 그러한 존재론적 생성의 움직임을 내포하고 있는 시인의 '마음'을 한번 따라가 보자.

어딘가로 마음 없이 떠나가고 싶었다

너무 많은 상처를 받아 버렸으니까
서로 다투고 싶지 않고
더 이상 남루해지고 싶지 않으니까

새로운 생채기에 선연한 핏방울들
지워지지 않는 옛 흉터들, 아무도 없는
평화로운 무인도로 떠나가고 싶었다

거기서 흩날리는 눈송이가 되었으면
벼랑에 나부끼는 꽃씨로 내려앉으면
새싹을 돋게 할 터인데

천연 바람은 보이지 않는 마음이었다
— 「무인도를 위하여」 전문

시인은 지상에서 받은 숱한 상처와 남루했던 시간을 등지고 어디론가 '마음' 없이 떠나가려 한다. 그래서 "생채기에 선연한 핏방울들"이나 "옛 흉터들" 조차 지워진 '무인도'로 떠나가려 한다. 여기서 '무인도無人島'란, 사람이 살지 않는 고적한 공간이라는 뜻보다는, 모든 존재자들이 스스로[自] 그러한[然] 존재로 살아갈 수 있는 상상적 공간의 뜻이 훨씬 강하다. 거기서는 "흩날리는 눈송이"나 "벼랑에 나부끼는 꽃씨"처럼 자유로운 존재자가 될 수 있고, 심지어는 "새싹을 돋게 할" 어떤 정신의 기원조차 가능할 것이기 때문이다. 그래서 시인은 자신이 "천연 바람"처럼 "보이지 않는 마음"을 가지고 싶어 한다. 이러한 '빈 마음'이야말로 "빈자일등 보듬어 안고"(「터널시야」) 살아가는 모습과 적극 상통하는데, 여기서 '빈자일등貧者一燈'은 가난한 사람이 바치는 등 하나가 얼마나 소중한 것인지를 은유하는 것이다. 그렇게 시인의 마음은 '참마음'의 지경에 서서히 들어선다. 그 '빈 마음'은 더욱 진화하여 "제 몸에 꽃 피우고 열매 맺는 지혜와 능력"(「능소화를 보면서―동해안 남대천에서」)으로 한 걸음 더 나아가게 된다. 그 '빈 마음'이 도착한 곳은 '무인도'가 아니라, 구체적인 목숨들이 서로 붙들고 살아가는 지상의 공간으로 바뀐다.

하늘 가득 몰아치던 눈 폭풍 멈추고 난 뒤
눈길 만 리 광야를 걸어가다 생각하니

지그재그 어지러이 길을 걷지 말자
오늘 내가 밟고 가는 이 발자취들은

뒷사람이 본받아 따라가야 할 그 길 될 터
천 년을 하루같이 얼린 동토대 화석이 되리니

선배는 후배에게 깨도의 발자취 거울 아닌가
꽃나무에 꽃으로 피어날 목숨 무궁살이여
—「발자취 거울」 전문

시인이 살아온 세월은 여기서 '발자취'로 은유된다. 그리고 그 '발자취'는 다시 거울이 되어 세상을 비춘다. 원래 '거울'은 '귀감龜鑑'이라는 말처럼 세상을 긍정적으로 비춘다는 뜻을 가진 상징인데, 여기서 시인의 생애가 그러한 거울의 아우라Aura를 진하게 보여 준다. 눈보라와 폭풍이 멈추고 난 후 스스로 걸어온 "눈길 만 리 광야"에서 그동안 어지러이 길을 걸어왔음을 추억하는 시인은, 그 발자취가 "뒷사람이 본받아 따라가야 할 그 길"이 될 터이기 때문에 스스로를 겸허하게 다잡고 있다. 그리고 그 세월이 "천 년을 하루같이 얼린 동토대 화석"이 될 것이기 때문에 더더욱 자신을 깊이 들여다본다. 그 점에서 그 '마음'은 시인에게는 삶의 이정표이자 기념비monument가 되고, 뒷사람들에게는 "깨도의 발자취 거울"이 되어 "목숨 무궁살이"를 상상하게끔 해 준다. 그렇게 류영환 시인은 "마음과 몸으로 알게 모르게 지은 나날의 죄들"(「날마다 지는 짐」)을 통과하여 "사랑은// 느끼며 행동하는 용서

에 여분으로// 큰 환희를 허락"(「사랑」)한다는 사실에 다다른
것이다. 이렇게 세상을 향한 시인의 '마음'은 깨달음의 아우
라를 깊이 품은 채 서서히 그 지경을 넓혀 가고 있는 것이다.

   5.

　　우리는 서정시가 예민한 상상력을 통해 우리의 일상에 편
재해 있는 불모성과 소통 단절을 치유하고 새로운 소통 가능
성을 꿈꾸는 양식임을 잘 알고 있다. 그러한 소통 가능성 가
운데, 인간의 눈이 아닌 자연 스스로 주체가 되게 함으로써
생명의 움직임을 묘사하는 것은 매우 중요한 방법론적 자각
이라고 할 수 있다. 그렇게 우리는 우리의 몸 안팎에서 잊혀
진, 그리고 몸 안팎에 가득한 생명의 원리와 속성을 두루 찾
아 복원함으로써, 서정시가 가질 법한 역설적 항체의 역할을
좀 더 강렬하게 요청할 수 있다. 류영환 시편의 역설적 항체
로서의 역할은 이러한 요청에 적극 부합한다. 시인은 그러한
과제를 깊은 감각과 고백을 통해 집중적으로 수행한다. 그 감
각과 고백의 독자성을 다음 시편들에서 확인할 수 있다.

　　　　터미널 옆에 있는 장례식장 마당의 조등 아래
　　　　늦은 밤 두 사람이 입을 맞추고 있었다
　　　　모르긴 해도 그것은 죽음과 관련 있는 일 같아
　　　　방해될까 봐 빙 둘러 지하철을 타러 갔다

휘적휘적 걸어 썰렁한 육교를 건너다가
키스는 끝났을까, 문득 비자나무를 연상하며
돌아서 내려다보니 마음보다 먼저 온
어둑서니 신호등이 사람처럼 서서 울고 있었다

그런데 도무지 알 수 없는 일, 꽃샘바람에
그 사람이 나를 쳐다보며 울고 있었다는 것
오라는지 가라는지 손수건을 흔들고 있었다는 것
아무리 둘러보아도 천지간에 나밖에 없었는데
　　　　—「신호등이 울고 있다—착시 현상·1/ 기우」 전문

　시인의 감각, 이를테면 착시 현상을 동반한 존재론적 자각 과정은 터미널 옆 장례식장 마당의 조등 아래서 발생한다. 시인은 늦은 밤인데도 두 사람이 입을 맞추고 있는 광경을 에둘러 지나온다. 그런데 뒤를 돌아 내려다보니 "마음보다 먼저 온/ 어둑서니 신호등"이 사람처럼 서서 울고 있는 것이 아닌가. 그 순간 시인은 "도무지 알 수 없는 일" 하나를 연상해 낸다. 가령 그것은 "꽃샘바람에/ 그 사람이 나를 쳐다보며 울고 있었다는 것"이다. 물론 '그 사람'은 혼자서 울고 있는 형상을 한 '신호등'이었을 것이다. 시인더러 오라는지 가라는지 손수건을 흔들고 있던 그 신호등은 왜 거기서 그러고 있었을까. 천지간에 한밤중에 시인 홀로 서 있었는데 왜 시인은 그러한 착시를 일으켰을까. 그렇게 시인은 자신의 실존적 고독과 마음을 '착시'의 감각 속에서 발견하고 있는 것이다. 홀로 존재하면서 살아가는, 우리의 몸 안팎에서 잊혀진, 몸 안팎에

가득한 생명의 원리와 속성을 예외적 시편으로 보여 준 것이
다. 다음은 그러한 감각의 힘으로 "본연의 말씀"(「하늘 아바
의 자화상」)을 듣고 있는 시인의 모습을 잘 그려 낸 작품이다.

거꾸로 서서 살아가지만

불로 태워도 울음 우는 종소리로

하늘에 붙박인 뿌리의 그루터기에서

다시 산다, 그러나

소리를 깨달아 끝내 소리하지 않고

보이지 않는 것들 다 보고 들으면서

오로지 지상의 생명체들 깨워

두 팔로 기도하는 나무

—「성자나무」 전문

성자나무의 '성자'는, 하느님의 아들[聖子]이자, 성스러운
사람[聖者]이다. 마치 십자가에 박혀 오로지 지상의 생명체들
을 깨우는 예수의 형상과, "거꾸로 서서 살아가지만" 한결같
은 울음소리로 하늘에 붙박인 뿌리의 그루터기에서 다시 살
아나 두 팔로 기도하는 성스러운 존재자가 겹쳐지면서 이 시

편은 시인의 종교적 상상력과 정신적 견인 의지를 동시에 보여 준다. '성자나무'는 그렇게 "끝내 소리하지 않"으면서도 모든 것을 다 보고 듣고 종내에는 "지상의 생명체들 깨워// 두 팔로 기도하는" 일에만 진력한다. 그 기도하고 고백하고 견인하는 품이 꼭 시인의 그것을 닮아 있다. 그러니 시인으로서는 "자신을 죽이고 절규하는 성자의 기도"(「바보 교황 만세」)를 듣기도 하고, 자신의 모습이 누군가를 향해 "한 바가지/ 마중물 되어 주는"(「그 누구에게라도」) 것이기를 바라는 것이다. 이러한 역설적 의지야말로 류영환 시인이 노래하는 생명 지향의 외연을 넓혀 주는 구체적 내질內質이라 할 것이다.

6.

원래 모든 '기억'은, 과거의 삶에 대한 사실적 재현이 아니라, 현재적 삶을 살아가는 사람의 욕망에 의해 선택되고 구성되는 것이다. 그 점에서, 시인이 선택하고 구성하는 기억의 형식은, 곧바로 시인이 현재 가지고 있는 욕망과 고스란히 닮게 된다. 류영환 시편들 역시 지난날들을 온축하고 호명하면서 기억의 힘을 통해 새로운 세계로 나아가려는 의지를 깊이 담고 있다. 그의 시세계는 이러한 '기억'의 풍경을 통해, 세상이 살 만한 것이라는 사실을 가장 근원적인 터치로 보여 준다. 그럼으로써 시간의 가혹한 무게를 견디면서, 그 진정성을 통해 우리로 하여금 우리의 '기억'을 부조하게끔 도와준다. 이는 마치 앙리 베르그송Henri Bergson이 말한 "지속의 내면적 느낌"이라고 부른 시간이 자신의 삶 속에 있음을 증명하는 것이기도 하다. 그러한 기억의 힘 속에서 시인은 '시 쓰기'의 자의식을 하나하나 완성해 가는데, 먼저 시인이 느끼는 '말'의 의미를 한번 살펴보자.

> 숨 가쁜 탐욕과 아집의 그 많은 말들
> 정작 들을 말은 별로 없다
> 그래서 사람들은 얼굴이 없다고 하는가
>
> 어둔 세상에 뿌리를 내리는 건강한 말
> 영육 간에 서로를 견고하게 감싸 주는 따스한 말
> 무상에 맑은 영원을 구현하는 아름다운 말
>
> 다음 생에 꼴사나운 들짐승으로 태어나지 않을
> 맑은 진리의 숨결로 살아가는 그런
> 말은 없다, 사람의 참된 말을 듣고 싶다
>
> ―「말, 말, 말」 전문

　　시인이 세상에서 듣는 '말'이란 그 속성상 "숨 가쁜 탐욕과 아집"만을 담고 있고, 정작 귀 기울일 만한 가치가 별로 없는 것들이 대부분이다. 하지만 시인은 아직도 "어둔 세상에 뿌리를 내리는 건강한 말"을 믿고 있고 그것을 깊이 사유하고 채집하고 표현하고자 한다. 그러한 '말'은 영육 간에 서로를 견고하게 감싸주기도 하고, '무상'을 넘어 '영원'에 이르는 아름다운 힘을 가지고 있기도 하다. 그 '말'이 바로 시인이 써 가야 할 '시적 언어'가 아닐 것인가. 그래서 류영환 시인은 '탐욕과 아집의 말/건강과 영원의 말'의 대위對位를 설정하면서 거기에 '들짐승/참된 사람'의 대위를 얹어 "맑은 진리의 숨결로 살아가는 그런/ 말"을 새삼 그리고 있는 것이다. 그 '말'만이 "참된 말"이기 때문이다. 이렇게 '말'의 과잉과 오염과 폭력성을 비판적으로 사유해 온 류영환 시인은, 다음 시편에 이르러 자신의 '시 쓰기'가 가지는 의미를 투명하게 고백한다.

구정물 속을 흘러오는 샘물 한 줄기

세상은

구정물 그대로이지만

나의 시 쓰기는 나에게

오늘도

구정물에 생수로 묵화를 치는 사역
— 「기쁜 소식」 전문

이 작품은 류영환 시인이 시로 쓴 '자전적 시론詩論'이 아

133

닐 수 없다. 그에게 세상은 "구정물"과 다름없지만 그것을 가로지르는 '시'는 "샘물 한 줄기"가 되어 오늘도 "구정물에 생수로 묵화를 치는 사역"을 감당하고 있다. 이러한 '구정물/샘물'의 확연한 대위는, 앞선 시편의 '탐욕과 아집/건강과 영원'의 대위를 환기하면서, 류영환 시인의 '시 쓰기'가 정갈하고 맑은 정신을 지향하고 있음을 잘 알려 준다. 그리고 동시에 그것이 세상에 '기쁜 소식'을 알리는 행위가 되고 있음을 말해 주기도 한다. 여기서 '기쁜 소식'이란, 종교적 의미에서는 '복음good news'을 함의하기도 하지만, 시인 자신에게는 스스로의 성찰과 치유에 집중하는 자기 구원의 행위를 뜻하기도 한다. 그렇게 류영환 시인은 '맑은 샘물' 혹은 '기쁜 소식'으로서의 시 쓰기에 매진하는 모습을 우리에게 보여 준다. 다음에 읽게 될 시편은 바로 그 '시 쓰기'가 가없이 펼쳐질 상상적 공간을 아름답게 풀어 보여 준다.

끝도 시작도 없다
무한경의 저 하늘에는

그럼에도 분명한 경계가 있다
하늘과 땅 사이에는

넘어야 할 산과 바다가 있다
극과 극의 삶에는

—「하늘과 땅 사이」 전문

비록 시작도 끝도 없지만, "무한경의 저 하늘"에 그려질 시인의 말과 느낌과 사유는 세상과 일정한 경계를 분명하게 가지면서 우리에게 극도의 절제와 긴장과 사유를 깊이 요청해 온다. 그것은 마치 "하늘과 땅 사이"에 넘어야 할 산과 바다가 있듯이, "극과 극의 삶"에 존재하는 시적 경계境界가 되어 우리에게 다가온다. 이처럼 류영환 시인은 일관된 시정신으로 "극과 극의 삶"을 담은 절도와 긴장의 시를 써 간다. 오랜 '기억'의 힘을 통해 새로운 세계로 나아가려는 시인의 의지가 한층 견결하게 다가오는 순간이 아닐 수 없다.

7.

최근 우리 시대의 서정시는 자신의 고유 임무가, 세상과의 힘겨운 싸움을 감당하는 영혼의 고투를 기록하는 것임을 부인하지 않는다. 거기에는 우리 시대의 중심 원리가 인간의 합목적적 이성이나 오래된 관행에 의해 관철되고 있다는 데 대한 부정과 함께, 근대적 이성이 그어놓은 숱한 관념의 표지들에 대한 재구축의 열정이 담겨 있다. 물론 그러한 부정과 해체의 정신은 실험적 전위들이 항용 가진 바 있는 모험 정신과는 비교적 거리가 먼 것이다. 오히려 그것은 잃어버린 서정시의 위의威儀를 세우려는 고전적 열망과 깊이 닿아 있는 어떤 것이다. 그런 고전적 위의가 류영환 시편을 통해 진정성 있는 고투와 고백으로 현상되고 있는 것이다.

나의 결점이 오히려

나를 성장시키는 절망이고 원동력이었다
— 「치유」 전문

  류영환 시인은 그동안 "나의 결점이 오히려// 나를 성장시
키는 절망이고 원동력"이었다고 짧고 강렬하게 고백한다. 그
리고 그 원동력을 바탕 삼아 궁극적 '치유healing'에 이르기
를 소망한다. 그 '마음'의 소망이 움직이어 류영환 시인은,
토머스 엘리엇Thomas Eliot의 말처럼 "마음 깊이 울리는 음
악/ 귀에 전혀 들리지 않을 정도로 마음 깊이 울리는 음악"으
로서의 시 쓰기를 오늘도 지속해 가고 있는 것이다. 따라서
우리는 류영환 시편들이 마치 "대나무의 이 단호한 절명사"
(「대나무꽃」)처럼 세상을 밝혀 가면서, "누군가 숨겨 놓은 비
가悲歌"(「하늘 양식—태화강가에서」)를 넘어 하늘에 그려 가
는 찬가이자 송가이자 아름다운 음악으로 확장되어 갈 것이
라 기대해 본다. 그리고 자기 성찰과 형이상학적 열망의 시학
을 통해, 그 "길고 지독한 외곬 정신"(「춘란」)으로 쌓아 온 자
기 성찰의 시간을 지켜 갈 것이라 예감해 본다. 그래서 우리
는 이번 시집이 그러한 '시 쓰기'의 확연한 실례이자 시인의
생애에 중요한 결절結節이 될 것이라 소망해 보는 것이다.